# Coupable mais innocente

# Coupable mais innocente

## Gahï Dion

Édition : BoD – Books on Demand,
12/14 rond-point des Champs-Élysées, 75008 Paris
Impression : BoD - Books on Demand, Norderstedt, Allemagne
Dépôt légal : Mars 2022

Cet ouvrage a été réalisé en collaboration avec Virginie Duclos, Écrivain public biographe à Toulouse

transcrire.31@gmail.com
http://transcrire.webnode.fr/

*transcrire*

ISBN : 9782322393831

© Gahï Dion — 2022

Illustrations (couverture et intérieur) : Luane Elias

Le Code de la propriété intellectuelle interdit les copies ou reproductions destinées à une utilisation collective. Toute représentation ou reproduction intégrale ou partielle faite par quelque procédé que ce soit, sans le consentement de l'Auteur ou de ses ayants cause est illicite et constitue une contrefaçon sanctionnée par les articles L335-2 et suivants du Code de la propriété intellectuelle.

# La Cote d'Ivoire

# Diakite

*Si tu n'as pas peur, tu n'as pas de courage.*
Proverbe africain

La guerre éclata.

Un jour, des hommes armés pénétrèrent dans le village et commencèrent à tuer tous les hommes et à violer les femmes. Gahï et sa meilleure amie, Diakité, parvinrent à s'échapper et elles marchèrent des heures et des heures. Au bout d'un long moment, Diakité, enceinte de huit mois parce qu'elle avait été mariée de force, s'exclama : « De l'eau sort ! »

Gahï alla chercher des feuilles de bananier sur lesquelles la coucher et elle installa Diakité à côté d'un arbre. Diakité lui dit : « Quelque chose sort entre mes jambes. » Gahï regarda : c'était la tête du bébé. Elle lui demanda de pousser, comme à la télévision, et sa meilleure amie se mit à pousser de toutes ses forces. Le bébé sortit de Diakité en criant d'une voix forte. Gahï mit son petit doigt dans la bouche du bébé pour le faire taire : au loin, elle entendait les hommes armés qui, munis de leurs torches, cherchaient tous ceux qui avaient fui dans la forêt.

Gahï demanda : « Comment couper cette corde qui te relie au bébé ? » Diakité lui répondit : « Écoute ton instinct, coupe. » Gahï coupa et au bout de quelques minutes, son amie ne parlait plus. Il y avait du sang partout. Gahï cria son nom mais Diakité ne réagissait plus.

Les hommes armés se rapprochaient, Gahï décida de partir sans sa meilleure amie. Elle creusa un trou pour l'enterrer à moitié, jusqu'au torse, et recouvrit sa tête avec des feuilles de bananier : elle ne savait pas si elle était vivante ou pas.

Gahï prit le bébé et s'enfuit. Elle ne revit plus jamais Diakité.

# Coupable mais innocente

## CENDRILLON

*Petit marteau casse gros caillou.*
Proverbe africain

On dit souvent que Cendrillon n'existe pas, c'est pourtant le cas : l'esclavage moderne concerne des milliers d'enfants et Gahï l'a vécu. Il est arrivé souvent qu'elle regarde le ciel en se demandant si un escalier montait jusqu'à Dieu ou à quelque chose de supérieur, là-haut, pour défendre sa cause, rêvant de ne pas redescendre tant qu'elle n'aurait pas obtenu gain de cause.

Gahï avait quatre ou cinq ans quand sa mère la confia aux parents de son père avant de disparaitre. Sa tante Korotoumou, qui avait trois enfants, refusa de l'envoyer à l'école, préférant la transformer en bonne à tout faire : elle devait se lever à 4 h 30 chaque matin pour laver la maison, les assiettes et le linge de tous les habitants vivant dans la cour familiale.

Après ces premières tâches, Gahï partait vendre dans les marchés et à la gare la bouillie qu'elle avait préparée la veille au soir. Chaque midi, en rentrant, elle lavait – jusqu'à la rendre brillante comme un miroir – l'énorme marmite qui, sous l'effet du feu, était devenue noire : Gahï astiquait, Gahï nettoyait, sans relâche.

En plus du nettoyage et de la vente de bouillie, Gahï cuisinait pour toute la famille. Un jour, elle prit du retard et n'eut pas le temps de laver suffisamment le riz pour en éliminer tout le sable avant de le cuire. Le soir, alors que tout le monde mangeait à la main, dans la même assiette, le riz et la sauce faite de légumes et de morceaux de viande, Korotoumou se figea et fit une grimace : elle avait croqué du sable. Elle recracha sa bouchée dans sa main et la donna à manger à Gahï, puis elle demanda à tous ses enfants de faire de même, en s'exclamant : « Ça t'apprendra à bien faire ton travail, tu es là pour ça ! »

Chaque soir, Gahï travaillait tard pendant que la famille de sa tante était au lit ou dans le salon devant la télévision : avant de se coucher, elle devait préparer la bouillie de riz pour le lendemain matin. Elle coupait le bois pour le transformer en braise, puis tournait la bouillie jusqu'à ce qu'elle devienne tendre et buvable. Cette tâche s'accomplissait en dehors de la maison, dans une vieille baraque en bois pleine de souris. Un enfant de sept ans a peur des souris et des bruits de la nuit. Quand il pleuvait, l'eau montait jusqu'à ses jambes, mais Gahï continuait son travail dans le noir. Le noir est resté jusqu'à présent une grande peur pour elle.

# Coupable mais innocente

## Coupable mais innocente

Quand elle pouvait enfin se coucher, Gahï s'installait par terre sur une natte, au pied du lit de ses cousins car elle n'avait pas le droit de dormir avec eux : comme elle ne se lavait pas, elle sentait mauvais... Le sommeil était le seul refuge de Gahï, qui faisait toujours le même rêve : alors qu'elle pleurait amèrement, après avoir été punie ou battue, elle voyait un homme venir et la consoler, lui dire qu'il l'aimait. Il la prenait dans ses bras et Gahï le suppliait de ne pas partir sans elle. Toujours ce même rêve : un homme grand venait la consoler et partait en lui disant « Je reviens tout de suite. » Puis Gahï se réveillait.

Gahï pleurait beaucoup ses parents, mais elle avait la conviction qu'ils étaient encore vivants et qu'elle finirait par les retrouver. M. Olory, la personne qu'elle pensait être son père, vivait dans la capitale. Quand il venait pour quelques jours, Gahï ne touchait plus à rien dans la maison et elle devait se taire sur son quotidien, mais le supplice reprenait dès qu'il repartait : la petite fille avait tellement de cicatrices dans le dos à force d'être fouettée que ses amis l'appelaient Zorro.

Un jour, Korotoumou l'accusa d'avoir volé de la viande dans la sauce du riz et même si Gahï jura qu'elle n'y était pour rien, sa tante la punit : elle la déshabilla et écrasa du piment rouge qu'elle mit dans ses yeux, dans sa bouche et dans son sexe. Elle dit à Gahï de s'asseoir et de ne pas bouger. Quelque temps plus tard, la tante vit sa fille bien-aimée voler ce qui avait été cuisiné pour tout le monde : elle ne dit rien. Gahï en ressentit un grand sentiment d'injustice. Pourquoi les humains souffrent-ils autant ? Pourquoi tant d'injustice ?

## Coupable mais innocente

Un autre jour, Gahï se blessa au pied et la plaie s'infecta faute de soins. Les personnes de la cour alertèrent Korotoumou : si elle ne faisait rien, sa nièce risquait de perdre son pied. La tante fit entrer Gahï dans cette cuisine, prit une pierre chaude dans les braises de la cheminée et tint le chiffon mouillé sur cette pierre pendant un long moment. Gahï entendait le bruit de la pierre et espérait que le chiffon n'allait pas finir sur son pied – c'est pourtant ce qui arriva : feignant un moment d'inattention, Korotoumou appliqua le chiffon sur la plaie et le pied de Gahï fut brûlé au troisième degré. La brûlure fut telle que la peau ne fut plus jamais la même : la marque de la cicatrice est toujours visible.

Voilà ce que Gahï vivait au quotidien à San-Pédro avec sa tante et ses enfants intouchables.

Coupable mais innocente

## **LE VIOL**

*Les ananas sont petits, sont gros, sont sucrés.*[1]
Proverbe africain

Un jour, alors que Gahï avait environ dix ans, un homme séjourna dans la cour, chez l'un des voisins. Ce musulman respecté, qui faisait le tour des villes pour encourager les fidèles, se levait très tôt pour prier et il fut impressionné par la force que dégageait Gahï : tous les jours, elle cuisinait pour tous, faisait les courses, lavait à la main les vêtements des enfants et du mari et s'activait au ménage.

Ce monsieur alla voir un soir la tante de Gahï et lui dit : « Cette enfant m'impressionne, je la vois au quotidien depuis une semaine, c'est une femme à donner en mariage : j'aimerais la faire promettre à l'un de mes fils dans la capitale. » La tante lui répondit qu'elle allait en discuter avec son mari.

Quelques jours plus tard, alors qu'elle faisait le ménage, Gahï entendit une discussion qu'elle n'aurait jamais dû entendre – heureusement, Gahï était une fille curieuse, cela lui sauva la vie. Sa tante s'exclamait : « Pourquoi un homme aussi noble voudrait-il donner une personne comme elle à son fils, qui plus est à la capitale ? » Koroutoumou n'était pas d'accord,

---

[1] Il n'y a pas de petites filles en Afrique.

elle décida de remplacer Gahï par sa propre fille et de donner Gahï à un voisin qui avait déjà trois femmes. Au cours de cette même conversation, Gahï apprit que celui qu'elle pensait être son père était en réalité son oncle : son père était mort dans un accident depuis sa naissance – ce qui expliquait qu'il ne soit jamais venu la voir...

Gahï fit mine de ne rien avoir entendu et alla voir sa meilleure amie, qui devait aussi être mariée quelques semaines après – une situation très courante en Afrique. Elle espérait pouvoir lui demander de l'aide pour s'enfuir, mais le mariage fut précipité car il devait avoir lieu avant le retour de la personne qui avait demandé Gahï en mariage pour son fils. Quand il viendrait, on lui proposerait plutôt la fille de Korotoumou.

\* \* \*

Gahï avait ses règles : elle pouvait enfanter et était donc officiellement considérée comme une femme, rien ne s'opposait à son mariage – même pas le fait qu'elle n'était pas formée du fait de son jeune âge. Ce qu'elle ignorait, c'était le préalable : l'excision, durant laquelle les futurs beaux-parents demandaient à vérifier la virginité de la future épouse de dix ans...

Le moment de l'excision arriva. Trois autres filles devaient être mariées – toutes contre leur gré – à des hommes qui avaient le triple de leur âge, et qui pouvaient même avoir des enfants de l'âge de leurs nouvelles femmes. C'était le cas de Gahï : son futur mari, professeur, avait au moins cinquante-cinq ans...

Des mamas grosses comme des baleines s'occupèrent des trois jeunes filles puis ce fut au tour de Gahï. Entraînée dans une pièce en brique sans porte ni toit, elle aperçut une femme dont elle ne voyait pas le visage en train de brûler un petit couteau bien tranchant sur les braises du feu. Par terre, elle vit du sang et les morceaux de peau de celles qui étaient passées avant elle. Gahï fut déshabillée, allongée au sol, et une mama s'assit sur sa poitrine tandis que les deux autres attrapaient ses jambes et les écartaient. La quatrième mama – qu'elle avait vue avec un couteau en entrant – surgit de nulle part et plaça son couteau tranchant, chauffé à blanc, entre les jambes de Gahï. Quand elle sentit cette brûlure et la douleur de sa peau en train d'être coupée – sans anesthésie –, elle hurla et se débattit. Les mamas dirent qu'elles n'avaient jamais vu quelqu'un avec autant de force. Gahï bouscula la mama qui la découpait et se trouva donc davantage mutilée que ce qui était prévu au départ. Traumatisée, Gahï ne s'exprima plus pendant plusieurs jours.

Les quatre jeunes filles furent ensuite installées dans une chambre pour être surveillées : maintenant qu'elles étaient promises à des hommes, elles ne devaient pas s'enfuir. Comme les autres, Gahï devait écarter ses jambes pour laisser la plaie sécher, mais elle savait que dès que la plaie serait guérie, elle serait donnée en mariage : malgré la douleur, elle devait trouver le moyen de s'échapper rapidement.

Au bout de deux ou trois jours, malgré la plaie toujours vive, Gahï demanda à l'une des mamas si elle pouvait se rendre aux toilettes – une petite pièce sans toit, à l'écart de l'habitation principale. Malgré la douleur de sa plaie, Gahï escalada le mur, sauta et trouva derrière des vêtements d'homme cachés par Diakité. Elle s'enfuit après s'être déguisée pour ne pas être reconnue et se cacha sous le lit de sa meilleure amie.

Quelques minutes plus tard, en ne voyant pas ressortir Gahï, on comprit qu'elle avait fui et tout le quartier commença à la chercher : un enfant avait disparu ! Le premier endroit dans lequel on la chercha fut chez Diakité. Gahï aurait aimé vous dire qu'elle disparut pour ne plus jamais être retrouvée, mais elle fut rattrapée.

En Afrique, quand une fille tente de fuir un mariage et qu'elle est rattrapée, elle peut être battue à mort – et ce meurtre n'est pas signalé : c'est une coutume et personne ne connaît son droit. Gahï fut attachée nue à l'arbre de la cour pour que tout le monde voie sa honte et elle fut fouettée soixante-dix fois.

Elle fut ensuite rapidement emmenée chez son mari et enfermée dans une petite maison de 9 m$^2$, à la toiture et à la porte métallisées, avec une petite fenêtre – comme en prison. Les mamas avaient prévenu le futur mari que Gahï était une dure à cuire : il fallait l'affaiblir pour qu'elle n'ait plus de force au moment de la nuit de noces – autrement dit, pour le viol. Gahï fut affamée pendant deux jours, au point de devoir boire son urine. Au troisième jour, le mari vint la voir mais Gahï se débattit tellement qu'on la surnomma *Waraba* (la lionne). L'homme ne parvint pas à ses fins et repartit.

# Coupable mais innocente

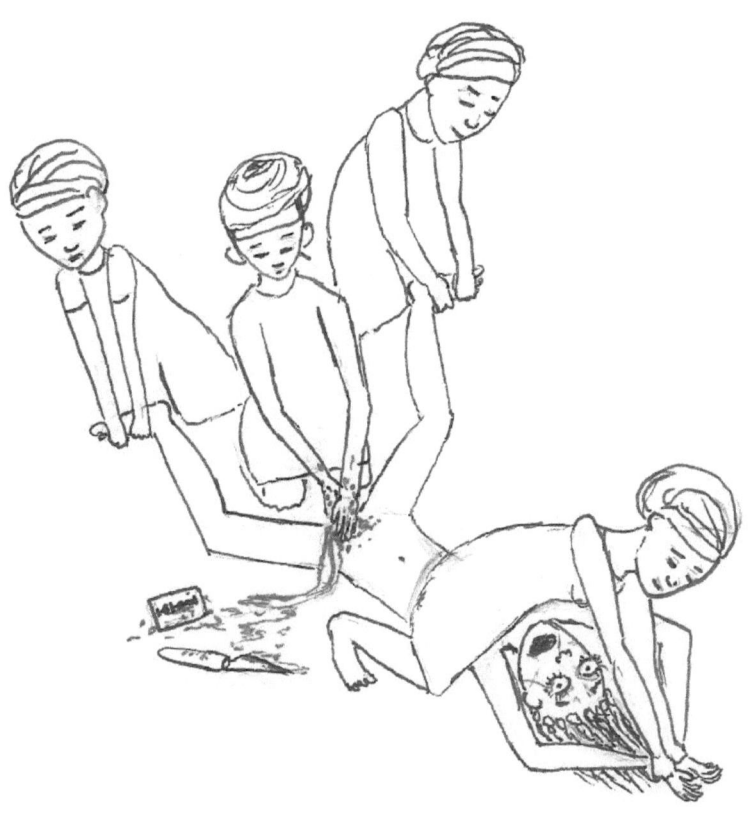

## Coupable mais innocente

Gahï resta affamée deux ou trois jours de plus, jusqu'au moment où elle décida de se laisser faire : elle savait que tant que son mari n'arriverait pas à ses fins, elle ne pourrait pas sortir de cette prison. Ce soir-là, cet homme plus âgé que son père – peut-être même avait-il l'âge de son grand-père – entra. Impossible de décrire cet homme qui comparait une fille vierge à un cheval sauvage à dompter : dévierger une femme était une fierté, cela prouvait sa valeur. Mais il ne savait pas que ce fut Gahï qui décida du moment. L'homme la viola, en transe, bavant sur sa poitrine. Les cris de Gahï retentissaient dans la cour, au point que personne ne pouvait dormir. Cela dura des jours et des jours, chaque soir.

Un proverbe dit : « Si tu veux attraper ton voleur, deviens un voleur ». Après chaque viol, Gahï discutait avec l'homme, avec une idée en tête : le convaincre de faire venir sa meilleure amie, qui lui manquait. Elle arriva, Gahï lui demanda une aide qui lui fut cette fois refusée : Diakité avait déjà risqué sa vie une fois pour elle et lui dit qu'elle ne voulait plus la voir. Elle partit.

On recommença à donner à manger à Gahï. Gahï mangeait. Elle mangeait et reprenait des forces. Après quelques jours, on finit par l'autoriser à sortir de sa prison. En la voyant, les femmes de la cour – ses supposées rivales – étaient tellement émues qu'elles rentrèrent dans leur chambre en pleurant : les cris de Gahï avaient été trop douloureux pour elles. Personne ne pouvait la regarder en face.

Gahï discuta avec ses rivales comme si, enfin, tout allait bien, et elle fit exprès de se faire vomir car toutes ces femmes violées, une fois enceintes, étaient laissées tranquilles. Un cri de joie retentit dans la cour.

Le soir, l'homme revint. Gahï n'était plus affamée, elle avait repris des forces. Elle se posta devant la porte pour le laisser entrer et referma derrière lui. Se tenant dans son dos, Gahï lui demanda d'enlever sa tenue puis elle l'attrapa par le cou et le sexe, cramponnée à lui pour l'étrangler. Il s'urina dessus. La force ne dépend pas forcément de la taille : Gahï l'attrapa et le tua. De ses deux mains. Elle était convaincue d'une chose : jamais on ne dirait qu'il y avait eu meurtre. Jamais on n'avouerait qu'une femme de dix ou onze ans avait tué un homme. Gahï n'entendit jamais quoi que ce soit à ce sujet après l'avoir étranglé de toutes ses forces. Elle lui dit : « Tu voulais être le premier ? Tu seras le dernier. »

Avant de partir, elle le déshabilla et sortit en emportant son boubou et son chapeau. Avez-vous déjà tué quelqu'un ? Ce jour-là, vous mourrez avec lui car vous ne serez plus jamais la même personne.

Gahï réussit à atteindre la gare où, généralement, des commerçants achètent en grandes quantités pour vendre ensuite leurs marchandises d'une ville à l'autre. Les bus sont remplis, mais il y reste généralement de la place pour plusieurs passagers. Gahï vit un chauffeur et lui dit : « Je fuis ma famille qui m'a mariée de force. Si on me rattrape, je suis morte : est-ce que vous pouvez me déposer quelque part ? N'importe où, mais pas ici. » Le chauffeur la regarda et lui dit de monter.

Le temps de remplir le bus, les habitants de la cour avaient remarqué sa disparition car la porte de la chambre était restée ouverte. Par la fenêtre, Gahï vit l'un de ses oncles passer de véhicule en véhicule pour les fouiller et demander aux chauffeurs s'ils avaient vu une jeune fille. Elle se cacha sous les sièges. Quand il entra dans le bus où était Gahï, il ne la vit pas. Quelques minutes après, le véhicule démarra.

On ne retrouva plus Gahï.

## Coupable mais innocente

## La fuite

*Celui qui veut tout finit par tout perdre.*
Proverbe africain

Arriva un village où des passagers descendirent. Le chauffeur demanda à Gahï où elle voulait aller. Elle lui répondit : « Je me souviens, quand j'étais enfant, avoir été dans le village de Qué ». Le chauffeur y vivait justement : il l'installa à l'avant du bus, lui donna à manger et lui dit : « Ma mère a vécu ça et elle en est morte. »

Il existe en Afrique un arbre très toxique, appelé l'arbre d'avortement – aussi utilisé pour tuer son mari. Beaucoup de filles violées coupent des branches pour les écraser et en boivent pour se purger, pour que le bébé tombe. Certaines y laissent leur vie : la mère du chauffeur, enceinte, avait essayé d'avorter, mais rien ne s'était passé comme prévu : le bébé était resté et elle avait saigné pendant des mois, pour mourir à l'accouchement. Le chauffeur était le bébé. Gahï était tombée sur la bonne personne. Tout au long de sa vie, Gahï est tombé sur les bonnes personnes.

Le chauffeur prit les choses en main et avec les maigres informations que Gahï put lui donner (elle savait que sa grand-mère avait le même prénom qu'elle, et l'année de son départ…), il se rendit au marché et à la gare pour retrouver sa grand-mère.

Les retrouvailles de Gahï avec sa grand-mère furent très émouvantes. Sa grand-mère, quand elle la vit, alla chercher de l'eau pour lui laver les pieds et but cette eau – la coutume quand est retrouvée une personne désirée et recherchée depuis des années.

Gahï resta quelque temps chez sa grand-mère, mais celle-ci finit par lui demander de partir : elle avait peur des représailles de la famille paternelle de Gahï, assez influente et connue dans le pays. Ils finiraient tôt ou tard par venir la chercher et tout le monde avait appris l'arrivée de Gahï à Qué : s'ils la retrouvaient, Gahï serait en danger et elles ne se reverraient plus. Sa grand-mère lui conseilla de partir pour Kar, la capitale, plus anonyme, et lui donna le numéro de téléphone d'une amie et un peu d'argent.

Pendant son court séjour à Qué, Gahï avait contacté sa meilleure amie grâce à un téléphone prépayé. Diakité avait ainsi pu lui expliquer que, sachant qu'elles étaient écoutées lors de leur dernier entretien, elle avait été obligée de faire comme si elle voulait couper tout contact avec elle. Sa meilleure amie, suivant son exemple, décida de fuir son mari pour la rejoindre, malgré sa grossesse avancée.

*  *  *

Le déclenchement de la guerre les prit de court et les força à fuir le village plus tôt que prévu. Qué se situait à la frontière de plusieurs pays et il y eut plusieurs massacres aux alentours. Un soir, des milices arrivèrent : des hommes armés violaient les jeunes filles et les personnes âgées, prenaient pour cible et égorgeaient les hommes, brûlaient des maisons : la guerre était terrible.

Des coups de feu se faisaient entendre quand Gahï et Diakité partirent : elles fuyaient finalement davantage la guerre que leur histoire personnelle.

Gahï n'eut plus jamais de nouvelles de sa grand-mère.

\* \* \*

Quand Gahï se retrouva seule avec le bébé de sa meilleure amie, elle marcha longtemps, se réfugiant dans certains villages désertés et volant de la nourriture dans les cuisines restées ouvertes.

Ne pouvant pas garder le bébé, elle décida de le donner à une ancienne voisine de sa grand-mère qui, elle le savait, était stérile et cherchait à avoir un enfant. Cette femme, en fuyant Qué et les milices, avait pour projet de rejoindre Blaplé, le pays des moutons : Gahï se mit en route et un matin, elle déposa Yafa[2] devant l'entrée, après lui avoir demandé pardon pour cet abandon. Elle attendit que la porte s'ouvre et que quelqu'un trouve le bébé avant de reprendre son voyage vers la capitale.

---

[2] Yafa signifie « Je suis désolé. »

Gahï profite de ce livre pour s'adresser à ce bébé qu'elle n'a plus jamais revu : qui sait ? Peut-être Yafa lira-t-elle un jour ces quelques lignes qui lui sont destinées ?

*« Ma fille, je ne sais pas si tu vas m'entendre, ou si l'on pourra se retrouver un jour. Je t'aime sans que tu le saches. Pardonne-nous, nous n'étions que des enfants meurtries. »*

\* \* \*

Gahï marcha longtemps, au point d'avoir les cheveux roux comme la terre des chemins. Le jour, elle faisait du stop pour avancer plus vite – jamais la nuit : la disparition d'une enfant sans famille n'aurait ému personne.

À Kar, la capitale, Gahï contacta l'amie de sa grand-mère qui vint la chercher à la gare et l'hébergea quelques jours. Avec la guerre et l'instabilité du pays, elle hébergeait déjà plusieurs personnes chez elle, Gahï dut donc partir assez rapidement et trouver un autre logement.

Pendant la guerre, beaucoup de personnes avaient fui et laissé vides les maisons, dans lesquelles s'installaient les enfants de la rue[3]. Gahï trouva une maison en construction, dans un quartier pauvre de la ville. Elle s'y installa et se mit à la recherche de sa demi-sœur.

---

[3] Il y eut des procès après la guerre pour déloger les personnes qui s'étaient installées.

# Coupable mais innocente

Coupable mais innocente

# BINETOU

*Gros cœur ne mange pas de riz chaud.*[4]
Proverbe africain

Grâce à l'amie de sa grand-mère qui lui indiqua dans quel quartier chercher, Gahï retrouva sa sœur, plus jeune d'un ou deux ans qu'elle – impossible de savoir exactement leur âge : aucun acte de naissance ne pouvait en attester et ne sachant ni lire ni écrire, elles n'avaient pas la notion du temps. Les deux sœurs se ressemblaient beaucoup physiquement et une amie de Binetou, voyant Gahï, lui donna ses coordonnées.

Comme Gahï, Binetou avait été abandonnée par sa mère à sa famille paternelle. Le père de Binetou, burkinabè, travaillait dans les mines d'or et venait d'un milieu assez aisé : la mère de Gahï, d'une grande beauté, avait su trouver de riches amants. Les deux sœurs avaient vécu sensiblement la même chose, si ce n'est que Binetou avait vécu dans un milieu plus « civilisé » : avant d'être donnée en mariage contre son gré, elle n'avait pas été excisée… Comme Gahï, Binetou avait fui le mariage.

Gahï invita sa sœur à venir habiter avec elle dans la maison inachevée qu'elle avait trouvée et toutes deux

---

[4] L'orgueil ne doit pas s'attendre à la compassion.

travaillèrent quelque temps comme tanties bagage (ces enfants de la rue qui se rendent tôt dans les marchés pour aider les acheteurs à porter les courses jusque chez eux en échange d'une pièce). Grâce à cette activité, Gahï rencontra une fonctionnaire, femme de militaire, qui l'invita à faire le ménage chez elle en échange d'un petit revenu de cinq euros par mois – une belle somme, suffisante pour permettre à Gahï et Binetou de manger.

Alors que Gahï était très fine, Binetou avait déjà des formes et son enfance dans un milieu aisé ne lui avait pas donné le goût du travail : elle était paresseuse et fatiguait vite. Binetou était très jolie, elle abandonna les tanties bagage et préféra demander de l'argent à ses petits copains. Que représentaient les cinq euros de revenu de Gahï par rapport aux cent ou cent cinquante euros qu'elle pouvait rapporter chaque mois ? Gahï ferma les yeux, elle ne posa aucune question en voyant sa sœur se maquiller avant de sortir. Quand elle finit par perdre son travail, Binetou leur permit de vivre.

Cinq ou six fois, quand elles vivaient dans la rue, Gahï fit clandestinement avorter sa sœur : il leur aurait été impossible de s'occuper d'un enfant. La pratique était pourtant risquée : quand on entrait dans ces établissements, on ne savait pas si l'on en ressortirait vivante…

\* \* \*

## Coupable mais innocente

La guerre durait tellement qu'il fallait vivre avec, entre accalmies et regains de violences. Quand elles avaient faim, Gahï et Binetou rentraient dans des cuisines à l'insu des propriétaires et prenaient tout ce qu'elles trouvaient pour se nourrir. Il fallait survivre, et Gahï préférait voler que se donner – Binetou ne savait rien de tout ce que Gahï avait vécu avant de la retrouver et jamais elle ne lui avait parlé des mutilations qu'elle avait subies.

Gahï n'est pas si innocente : plus le temps passait, plus il devenait difficile de trouver à manger, et que peuvent faire deux adolescentes pour survivre ? Gahï et sa sœur s'habillaient tous les soirs pour voler et arnaquer. Elles se postaient à l'extérieur des maquis[5] en attendant d'être remarquées. Des hommes les faisaient entrer et manger (elles n'avaient rien mangé de la journée), mais il leur fallait ensuite de bonnes jambes pour partir en courant car le prix à payer pour le repas était de se donner. Pour ne pas se faire remarquer, elles changeaient régulièrement d'endroit.

Un jour, un homme fit manger Gahï et elle ne parvint pas à s'échapper : il avait déjà choisi une chambre d'hôtel. Gahï le suivit, vida ses poches pendant qu'il était dans la salle de bain puis s'enfuit.

La dernière fois que Gahï alla dans un maquis, un jeune homme l'invita à manger. Elle se remplit le ventre – elle ne savait pas si elle pourrait manger le lendemain – et elle laissa cet homme boire au point d'être ivre pour pouvoir le voler

---

[5] Les maquis sont des lieux pour manger, boire et danser. Ils assurent également une fonction de lieu de rencontre, de débat et d'échange.

ensuite. Quand elle réussit à l'endormir, elle lui vida les poches mais un ami de cet homme la vit : il essaya de l'arrêter et voulut la violer. Gahï se débattit comme un lion blessé, lutta, fit tout ce qu'elle put pour se débarrasser de lui et parvint à s'échapper, sans argent, sans ses affaires, sans même sa chaussure. Il s'en fallut de peu. Une voleuse se fait violer ? Ces choses arrivent, la violence était la routine. Ce fut sa dernière sortie, elle se promit de ne plus jamais vivre une telle expérience.

\* \* \*

Un proverbe africain dit que « celui qui ne veut rien voir finira face à un mur » : Gahï et Binetou avaient pris beaucoup de risques – avec la police ou avec les hommes qui pouvaient les agresser ou les violer. Est-ce que sa sœur put se défendre et, comme elle, s'arrêter à temps ? Sut-elle courir sans s'arrêter ? Le sida planait sur elles. Quelques années plus tard, Gahï vit Binetou changer, se flétrir au point de ne la reconnaitre qu'à sa voix : elle se faisait dévorer à petit feu par la maladie.

## LE REFUGE

*Son derrière est soudé.*[6]
Proverbe africain

L'amie avec qui sa grand-mère l'avait mise en contact parvint à retrouver la mère de Gahï et lui fit savoir qu'elle voulait la contacter. Le rêve d'enfance de Gahï se réalisait : depuis son abandon, Gahï la cherchait, elle voulait retrouver sa famille.

Lorsqu'elle parla à sa mère au téléphone, sa première question fut : « Pourquoi m'as-tu abandonnée ? » La question était innocente. Djénéba avait son histoire, son vécu : elle partait à l'aventure en Europe et ne savait pas quand elle reviendrait. Gahï ne savait pas si elle avait fait cela pour elle ou pour ses filles, mais elle cherchait une raison valable, elle qui avait depuis toujours idéalisé sa mère. Celle-ci éleva aussitôt le ton : « J'ai fait ce que j'ai pu, ne m'accuse pas. » Gahï ne posa plus de questions. Elle apprit que Djénéba était mariée, qu'elle avait d'autres enfants, mais aussi que l'un de ses amis pourrait les héberger, elle et Binetou. Cet homme était une personnalité, un autre rêve de Gahï se réalisait : de voleuse et proxénète, elle se retrouvait dans une maison

---

[6] Celui qui a le bras long peut passer.

luxueuse. Pour Binetou, ce ne fut pas une bonne nouvelle : elle n'avait aucune envie de se retrouver sous l'autorité de qui que ce soit et elle refusa de suivre Gahï.

Le soir où elle décida de rejoindre le domicile de cet homme, Gahï faillit perdre la vie. Après avoir vidé la maison, elle prit, seule, un taxi pour se rendre dans un quartier chic de la capitale. Gahï connaissait la route, elle s'inquiéta quand la voiture quitta l'autoroute pour prendre une petite rue : « C'est pour prendre un raccourci », lui dit le chauffeur. Son intérêt n'était-il pas d'avoir le chemin le plus long possible ?

Gahï était une enfant de la rue et elle savait pertinemment que les enfants de la rue disparaissaient : certains de ses amis n'avaient jamais été retrouvés. Son pays était une zone de non-droit, dans laquelle tous voulaient s'enrichir – et elle avait vu à quel point les hommes étaient capables du pire : des enfants étaient souvent tués et leurs morceaux vendus sur le marché noir, d'autres étaient vendus à la prostitution… Ces disparitions avaient fini par être tellement fréquentes que le sujet était même abordé à la télévision.

Gahï dit au chauffeur : « Revenez sur le chemin ou je descends ». Le chauffeur bloqua les portes et commença à remonter les vitres ; elle réussit à en bloquer une et tenta de sortir par la fenêtre, alors que le taxi roulait toujours. Le chauffeur, une main sur le volant, tenait la jambe de Gahï de son autre main, mais elle réussit à se dégager en lui donnant des coups de pied et elle tomba sur le bitume. La peau de sa jambe en fut arrachée. Une voiture qui les suivait s'arrêta, trois hommes en sortirent et commencèrent à courir derrière Gahï. Gahï courut.

Gahï aimait courir. Courir sauve la vie.

Les trois hommes à ses trousses, Gahï réussit à rejoindre le boulevard. Sous la pluie, elle vit un bus arriver de loin et se mit au milieu de la route en levant les bras. Le bus s'arrêta, elle monta et le bus redémarra.

Gahï ne retrouva pas ses affaires. Pas de déclaration de perte. C'était comme ça.

De retour à la gare, elle appela l'ami de sa mère pour lui expliquer ce qu'elle venait de vivre. Il ne comprit pas pourquoi elle avait pris seule un taxi, il envoya son chauffeur la chercher. Quand elle arriva chez lui, elle vit sa chambre, la servante, le gardien : « Tu es chez toi », lui dit son hôte.

* * *

Ce monsieur fut la plus belle chose qui pouvait arriver à Gahï. Il n'est pas rare en Afrique que les hommes riches aient des maitresses et des enfants illégitimes : personne ne remit en doute le fait qu'il venait de retrouver sa fille.

C'était un monde différent. Gahï dut tout apprendre mais son seul souhait était d'oublier, de ne plus vivre dans la rue : elle disait amen à tout ce qu'on lui demandait. Elle commença à apprendre le français, elle qui ne parlait que le dialecte de sa région ; on lui acheta de nouveaux vêtements ; elle apprit à utiliser des couverts pour manger – elle n'avait toujours mangé qu'à la main, mais elle observa les enfants de son père adoptif et tenta de reproduire leurs gestes.

Binetou les rejoignit finalement quelque temps, mais elle finit par partir : elle s'ennuyait.

*** 

En 2010, la guerre reprit de plus belle. Son père adoptif faisant de la politique, Gahï fut impactée par la situation : les enfants, les servantes, les gardiens, tous quittèrent l'immense villa pour se réfugier dans un quartier plus discret.

Un jour, un homme en tenue militaire frappa à la porte de la cour. Désespéré, il supplia le beau-père de Gahï de le laisser : « Ils ont pris une partie de la capitale. Je suis en tenue de militaire, à pied et désarmé : s'il vous plait, aidez-moi à me cacher chez vous et à changer de tenue pour redevenir un civil. » On refusa d'ouvrir la porte et quelques heures plus tard, quand Gahï et quelques membres de la famille sortirent pour chercher à manger, elle vit l'homme par terre, une balle dans le ventre – mort, comme s'il dormait.

Un soir, Gahï entendit un cri : elle vit des hommes armés brûler vif un homme avec des pneus de voiture.

Une autre fois, des hurlements retentirent si fort que Gahï en eut froid dans le dos : une jeune fille se faisait violer. Quand les hommes eurent fini, ils la découpèrent par petits morceaux, des orteils à la jambe, et la laissèrent partir : elle se trainait par terre.

# Coupable mais innocente

## Coupable mais innocente

Gahï a vu des choses macabres. Elle a vu les hommes faire des choses terribles. Elle a cru comprendre que Satan habitait sur Terre : elle aimerait trouver son adresse pour aller l'étrangler.

Souvent, Gahi se demande quelle est la différence entre les humains – dont elle fait partie – et les animaux. Quand vous regardez une série ou que vous écoutez les faits divers, vous découvrez que les fictions sont devenues nos réalités : ainsi fut la guerre.

*  *  *

En 2011, le beau-père de Gahï paya des passeurs pour lui permettre de rejoindre la France. Elle ne savait ni lire ni écrire, ne possédait aucune information personnelle : la seule chose réelle sur le passeport qu'on lui créa était sa photo. Un proverbe dit : « Un aveugle ne se voit pas dans un miroir, et pourtant il sait qui il est au fond de lui. »

Coupable mais innocente

## LETTRE AUX MIGRANTS

*Zyeux connaît bagage qui est lourd, c'est bêla qui fait exprès.*[7]
Proverbe africain

Gahï aimerait s'adresser aux mamans, aux familles étrangères qu'elles soient ivoiriennes, maliennes, sénégalaises, maghrébines, chinoises, indiennes… Quand une famille décide de se déraciner, de partir à l'aventure – pour des raisons économiques ou pour des raisons qu'elle seule connaît – elle ne doit pas négliger les impacts de sa décision car l'immigration relève souvent du défi.

Certains parents font, trop tard, ce triste constat : on n'apprécie une chose que lorsqu'on l'a perdue.

Chers parents étrangers, l'argent vaut-il tous ces sacrifices ? Peut-il tout ? Vaut-il la peine de perdre l'amour de son enfant ? S'il vous plaît, réfléchissez. On ne devient pas mère ou père pour des raisons économiques, pour obtenir un HLM, pour un récépissé, une carte de séjour… On a un enfant parce qu'on l'a souhaité, parce qu'on l'a désiré, parce qu'on l'aime avant même qu'il vienne au monde.

---

[7] Chacun connaît ses forces et ses limites. « Bêla » est le nom donné à l'étranger installé dans le pays.

Coupable mais innocente

Gahï ne veut pas juger, elle n'est pas là pour dénigrer ou prendre position pour une certaine catégorie de population. Elle veut simplement alerter sur l'impact d'une telle décision. Gahï et sa sœur ont payé très cher le choix de leur mère de partir sans elles sans donner signe de vie pendant des années.

# Coupable mais innocente

# La France

# Les retrouvailles

*Si tu ne sais pas où tu vas, retourne d'où tu viens.*
Proverbe africain

Après l'avoir vue dans tous ses rêves, Gahï vit sa mère pour la première fois. Une moitié d'elle était sa mère, elle était émue. Mais Djénéba ne la prit pas dans ses bras. Elles prirent le bus et arrivèrent dans le 13e arrondissement où Gahï découvrit ses trois demi-frères et sœurs.

Djénéba était femme de ménage. Elle partait à cinq heures du matin, puis rentrait l'après-midi pour faire la sieste avant de sortir à nouveau le soir. Cette maman avait décroché, comme la plupart des femmes étrangères. À la maison, chacun s'éduquait comme il le pouvait, la télévision était allumée du matin au soir. Pour Gahï qui avait toujours été dans des familles strictes - regarder quelqu'un en face était par exemple un manque de respect -, ce fut un choc terrible. Cette femme idéalisée, l'héroïne de sa vie, était finalement une femme normale, avec des défauts.

Gahï devint la maman, la grande sœur, la confidente de ses frères et sœurs et à nouveau, elle endossa un rôle de servante : elle faisait le ménage, la cuisine, emmenait ses frères et sœurs à l'école – tout en évitant la police : Gahï devait se déplacer uniquement à pied pour limiter les risques de contrôle d'identité car son séjour en France était illégal. Sa mère lui avait demandé de cuisiner pour toute la famille, elle s'y attelait donc tous les deux ou trois jours, cuisinant une grande quantité pour pouvoir concilier l'entretien de la maison avec le travail que Djénéba lui avait trouvé : chaque jour, du lundi au samedi, de dix heures à vingt-trois heures, Gahï était coiffeuse à Châteaurouge. Comme elle était douée, son revenu de cinquante euros se transforma rapidement en cent ou cent cinquante euros, qu'elle donnait à sa mère qui la nourrissait. Gahï trouvait cela normal.

Ce qu'elle ne trouvait pas normal par contre était le nombre d'amants de sa mère : elle accueillait chaque jour un nouvel homme et ses enfants avaient une mauvaise image d'elle. En Afrique, les parents sont les premiers dieux : on obéit à eux, puis à Dieu. Pour Gahï, la façon dont ses demi-frères et sœurs considéraient sa mère était une déconvenue de plus. Ils lui dirent un jour : « Tu viens d'arriver, mais tu ne sais pas tout ce qui s'est passé ici. » Chaque homme dans la maison faisait comme s'il était chez lui. Les photos de mariage étaient cachées quand il arrivait, puis remises à son départ.

Sa mère finit par divorcer et se marier avec le monsieur qui avait accueilli Gahï en Afrique. Elle décida, contre l'avis de son mari, de ne pas déclarer son mariage : être considérée comme femme célibataire lui permettait d'avoir droit à toutes les aides.

Un jour, une goutte d'eau fit déborder le vase : Gahï cuisina le matin pour plusieurs jours et trouva, en rentrant le soir à vingt-trois heures, les enfants qui l'attendaient car ils n'avaient pas mangé : sa mère avait mangé le midi et donné le reste à l'un de ses petits amis. Gahï en fut outrée. Elle fit manger les enfants, les coucha puis alla voir sa mère : « Depuis que je suis là, j'essaie de t'obéir, d'être reconnaissante envers toi, je fais tout ce que tu me demandes. La seule chose que je te demande est de garder pour tes enfants ce que je cuisine pour eux. Ton copain a les moyens de se faire à manger. Il est vingt-trois heures, tes enfants n'ont pas mangé et tu es dans ta chambre à regarder la télévision. C'est toi la mère, ce n'est pas à nous de nous occuper de toi. Et s'il te plait, quand tes copains arrivent, fais en sorte que ce soit tard, que les enfants soient déjà couchés, et qu'ils repartent tôt pour que les enfants ne le voient pas. Ce qu'ils disent sur toi n'est pas beau. Pour moi, ce n'est pas grave, j'ai vu pire que ça, mais fais-le pour toi, pour que tes enfants puissent te respecter. »

Pour la première fois, Gahï haussait le ton et disait ce qu'elle pensait à sa mère. Elle espérait une réaction, mais rien n'arriva. Deux ou trois jours plus tard, les enfants se levèrent et virent un monsieur avec le pyjama de leur beau-père prendre son café dans la cuisine. Gahï s'occupa des enfants, les fit manger et les accompagna à l'école. L'homme était encore là à son retour.

- Bonjour Monsieur.
- Bonjour.
- Vous êtes ?
- Un ami de votre maman.
- Vous êtes marié ?
- Oui.
- Vous avez des enfants ?
- Oui.
- Vous savez qu'elle est mariée ?

– Oui.
– Vous voyez ses enfants ?
– Oui.
– Dites-moi, si un homme est chez vous en ce moment avec vos enfants et votre femme, comment réagirez-vous ?
– Je me sentirai trahi et je ne serai pas d'accord.
– Et nous ? Avez-vous pensé à nous, à ce que nous ressentons ? Ne faites pas aux autres ce que vous ne voulez pas qu'ils vous fassent. J'ai essayé de parler à ma mère, elle n'a pas compris : je m'adresse à vous, mettez-vous à notre place. Pensez à ces enfants, à vos ébats tard dans la nuit qui nous empêchent de dormir. Cherchez-vous un hôtel, mais ne revenez plus ici. Savez-vous qui est son mari ? Je suis capable de lui dire. Ou vous ne venez plus ici, ou je le dis à son mari.

Un proverbe africain dit : « Le chien qui aboie ne mord pas ». Jamais Gahï n'aurait trahi sa mère en la dénonçant à son beau-père : sa mère pouvait être la pire des femmes, elle l'avait mise au monde. Elle aboya pour effrayer, le monsieur ne revint jamais – de même que tous les autres à qui elle fit peur, pour redonner un semblant de normalité à la vie de ses demi-frères et sœurs.

\* \* \*

Un jour, en revenant des cours du soir où elle apprenait à lire et à écrire, Gahï vit sa mère sortir ses belles assiettes pour accueillir un invité européen. Djénéba, tout miel avec Gahï, lui dit : « Ce monsieur est directeur dans l'entreprise où je travaille, il a beaucoup d'argent. Essaie de tomber d'accord avec lui, il va t'inviter. » Elle avait arrangé un rendez-vous avec ce monsieur, divorcé. Il invita Gahï, qui accepta de faire le tour des beaux restaurants, mais le jour où il essaya de l'embrasser – un geste qui ramenait immanquablement Gahï à son passé –, elle réagit brutalement et lui dit : « Je viens là pour ma mère. Ne revenez plus à la maison, je n'ai pas envie de cela. On est dans un pays de droit, ce n'est pas l'Afrique. S'il vous plaît, ne revenez plus. » Djénéba se demanda pourquoi il ne venait plus – d'autant plus qu'à chaque visite, il offrait des cadeaux à Djénéba et aux enfants.

Gahï avait été mise sur le marché par sa mère qui avait fait sienne cette maxime : « Celui qui a un fils a un trésor, mais celui qui a une fille bouchera des trous si besoin.[8] » Il n'y avait plus rien entre elles.

---

[8] Dans la culture de Gahï, la naissance d'un garçon est plus honorifique que celle d'une fille, qui restera toute sa vie sous l'autorité d'un homme et qui passera souvent le plus clair de son temps à le servir.

# L'ENVOL

*Si tu veux prendre la place du maitre, tu n'es pas la bienvenue dans la meute.*
Proverbe africain

Depuis son arrivée, jamais Djénéba n'avait demandé à Gahï ce qui lui était arrivé en Afrique. Elle ne s'était pas intéressée à elle, n'avait posé aucune question. Il n'y avait jamais eu de relation mère-fille. Gahï lui était reconnaissante de l'avoir accueillie chez elle, mais le temps passait et elle prenait conscience que plus d'un an après son arrivée en France, elle n'y avait toujours aucune existence légale. Quand sa mère avait brûlé les faux papiers qui avaient permis à sa fille d'entrer dans le pays, Gahï avait pensé que Djénéba allait réaliser les démarches nécessaires pour la déclarer, mais il n'en était rien : ses papiers n'étaient toujours pas faits et n'étaient pas prêts de l'être, car sa mère avait tout intérêt à ce que sa fille reste à la maison pour s'activer comme elle l'avait toujours fait dans sa vie. Si Gahï ne prenait pas les choses en main, elle resterait indéfiniment sans statut.

Elle avait d'autant plus envie de prendre son envol que l'ambiance était tendue avec sa mère : ses amants ne revenant plus, Djénéba commençait à douter de Gahï et avait alerté la famille en Afrique pour qu'elle fasse pression sur elle et la force à lui obéir. La situation se compliquait au point que Gahï cuisinait sans avoir le droit de manger. Si elle était assise dans le salon, sa mère éteignait en sortant de la pièce : Gahï n'existait plus, elle ne lui parlait plus.

Gahï commença donc à se renseigner sur Internet – même si elle ne savait pas écrire, elle pouvait utiliser la reconnaissance vocale : à quoi correspondaient les Droits de l'Homme ? Comment trouver une assistante sociale ?

Avec sa sœur, Gahï fouilla l'appartement pour trouver de quoi faire reconnaitre son lien familial avec sa mère. Une fois les papiers trouvés, elle obtint un rendez-vous avec une assistante sociale, qui l'orienta vers la Préfecture.

La première fois qu'elle alla à la Préfecture, Gahï partit de chez elle à cinq heures du matin : elle devait y aller à pied en s'orientant grâce au téléphone portable prêté par sa demi-sœur car elle ne prenait pas les transports en commun pour ne pas être arrêtée. Après trois heures d'attente, elle arriva devant un fonctionnaire qui lui dit qu'elle n'avait pas le droit d'être en France : elle aurait dû demander un statut de réfugiée dans le premier pays par lequel elle était entrée. Gahï sortit en pleurant, avec un document disant qu'elle avait trois mois pour quitter le territoire français. Une personne dans la file d'attente lui dit : « Ma sœur, ici on vient pour mentir. Si tu dis la vérité, personne ne te croira. »

Avec sa sœur, Gahï retourna voir l'assistante sociale qui les orienta vers France Terre d'Asile. Quand une travailleuse sociale de l'association lui demanda de lui expliquer comment elle était arrivée en France, Gahï décida de lui dire la vérité, malgré ce qu'on lui avait conseillé à sa sortie de la préfecture.

## Coupable mais innocente

Ne pas savoir par où elle était arrivée la sauva : l'assistante sociale lui fit une lettre pour qu'elle rencontre des juristes de l'OFPRA.

Et quand elle arriva à l'OFPRA après cinq heures de marche – elle n'avait pas les moyens de se payer le bus –, elle continua à dire la vérité : elle raconta sa vie, les mutilations, les guerres. Au juriste qui lui demandait dans quel pays elle était arrivée en Europe, elle parla des passeurs payés en espèces par ses parents ; elle avait pris l'avion, le bus, avait changé plusieurs fois de ville, de pays... Comme elle ne savait pas lire et que personne ne parlait français, elle ne savait pas pour où elle était passée ni dans quel pays européen elle était arrivée en premier. Impossible pour elle de différencier l'espagnol de l'italien par exemple. Gahï avait en sa possession une photo d'elle, voilée, qui prouvait ce qu'elle disait. Elle raconta qu'on lui avait dit qu'il fallait mentir pour être crue. Gahï était indignée de voir certaines catégories de personnes – pas toutes – de son pays, de sa couleur, tricher, voler, mentir pour gagner quelque chose dont d'autres avaient plus besoin qu'eux. Elle avait décidé de dire la vérité - sa photo, mais surtout ses cicatrices, prouvaient ce qu'elle avançait. Elle pleura.

Pendant trois mois, Gahï surveilla la boite aux lettres : sa mère ne devait pas trouver la lettre avant elle. Jamais Djénéba ne sut comment elle avait fait pour obtenir le statut de réfugiée. Avec son récépissé de l'OFPRA, Gahï obtint des droits et elle put prendre des cours du soir.

Coupable mais innocente

Quand Gahï quitta sa mère, trois ou quatre ans après son arrivée en France, elle se retrouva à la rue et elle put être hébergée grâce au 115. Elle changea d'adresse chaque soir, puis chaque semaine, puis chaque mois. Elle se fit aussi héberger par des amis, puis elle se fit prendre en charge par des associations.

À cette époque, son seul moyen de manger était la Croix-Rouge et il lui arriva d'avoir tellement faim qu'elle se retrouve au bord de l'évanouissement. Aucun besoin d'aller au bout du monde pour voir des personnes affamées : elles sont aussi près de nous.

Gahï se souvient notamment d'un rendez-vous avec un assistant social de France Terre d'Asile. Elle avait eu des vertiges et il lui avait donné la moitié de son repas. Gahï en avait été profondément touchée, elle avait eu la chance de rencontrer une personne humaine, dévouée, sincère, faisant passer son travail avant son salaire.

\* \* \*

Cher pays d'accueil, merci. Parmi toutes les fraudes, des personnes ont vraiment besoin d'aide : des femmes battues, des enfants dans des familles catastrophiques… Heureusement que France Terre d'Asile existe, heureusement que l'OFPRA existe : malgré tous ces menteurs et menteuses, malgré ces fausses déclarations, celles et ceux qui vivent des choses terribles sont accueillis. Les personnes qui en ont vraiment besoin sont aidées, elles savent à quelle porte frapper. Heureusement que des hommes et des femmes dévoués sont là et travaillent de façon remarquable. Gahï a eu la chance de les rencontrer.

## Coupable ou innocente ?

*Là où tu es caché, c'est là-bas que je dors.*
Proverbe africain

Quand Gahï obtint un contrat de travail pour une formation en alternance, elle se mit à la recherche d'un logement. Elle se rendit un jour à l'accueil d'un bailleur de logements sociaux mais on l'informa que, sans enfant, elle n'était pas prioritaire. Gahï répondit ironiquement : « Et si j'étais enceinte ? Si j'avais des enfants ? Je serais écoutée ? Alors je vais tomber rapidement enceinte, je reviendrai vous voir dans quelques mois. » Gahï partit et se dit qu'elle n'avait aucune chance d'obtenir un logement social à Paris.

Les conseils de ses compatriotes lui revenaient en mémoire : quand elle travaillait à Châteaurouge, ses collègues se délectaient des triches, des vols, des mensonges qu'elles avaient racontés pour avoir droit à des aides dont elles n'avaient pas besoin – elles recevaient des aides et avaient des villas en Afrique, ou travaillaient mais se faisaient considérer comme sans emploi. Certaines avaient surnommé leurs enfants « Papier » : leur seule utilité était de leur permettre de vivre en France, ils étaient élevés par la télévision allumée en continu à la maison et leurs parents comptaient sur la maîtresse d'école pour les éduquer. Gahï les écoutait se réjouir et hochait la tête, mais elle était révoltée : elle pensait que les enfants devaient être faits par amour, non par intérêt.

Gahï était également outrée de voir les magouilles de sa mère qui, avec ses enfants, percevait des aides chaque mois. Elle vivait dans un HLM parisien, mais ce n'était pas assez pour elle : elle entassait ses enfants – garçon, filles, petits et grands – dans la même chambre et sous-louait l'autre chambre à des personnes sans-papiers.

Gahï continua sa recherche d'appartement en se rendant dans une agence immobilière. Quand le monsieur leva la tête et la vit, il lui dit : « Il n'y a rien pour vous ici, circulez, partez. » Il avait levé la tête une fois et ne l'avait même pas écoutée. Pourtant, Gahï travaillait à temps plein, et même plus. Elle était femme de ménage dans une maison de retraite dans le 13e arrondissement, elle pouvait payer trois fois le loyer, mais le monsieur ne l'écouta pas. Quelques jours plus tard, elle revint dans cette agence avec une camarade européenne et tout changea : son amie avait toute l'attention de cet homme, jusqu'à ce qu'il se rende compte que l'appartement reviendrait à Gahï.

Gahï comprit qu'elle n'avait sa place nulle part : qu'elle le veuille ou non, elle restait africaine, étrangère dans le pays qui l'accueillait ; d'un autre côté, elle ne pouvait accepter la façon de raisonner des personnes de sa couleur, de son pays. Elle comprenait aussi que le racisme était lié plus au rang social qu'à la couleur de peau. Gahï ne se retrouvait dans aucun camp et était perplexe, perdue, outrée, déçue.

Elle se dit que le problème devait venir d'elle : c'est elle qui était bizarre. Elle avoua à son amie qu'elle ne se sentait chez elle nulle part. Elle ne se considérait ni noire, ni blanche, ni pauvre, ni riche. Son amie répondit qu'en Europe comme en Afrique, personne n'était innocent. La France était innocente et coupable. Gahï répondit : « Moi aussi, je suis innocente, mais coupable ».

\* \* \*

En 2012, un attentat à Toulouse choqua tout le pays. Gahï et ses collègues en parlèrent pendant leur pause et le brancardier, originaire des îles, demanda à Gahï et à ses collègues pourquoi elles ne rentraient pas dans leur pays : pourquoi étaient-elles en France ? Gahï lui répondit : « Il y a quelques jours, vous vous plaigniez à votre supérieur d'une certaine forme de racisme dans votre travail, n'est-ce pas ? » Il répondit par l'affirmative, Gahï continua : « Vous nous dites de rentrer dans notre pays : comment qualifier vos propos ? Racisme ou simple conversation ? »

Le brancardier n'avait pas tout à fait tort, car Gahï n'était pas non plus innocente. Que nous le voulions ou non, nous avons tous en nous un certain racisme – involontaire ou non : ainsi, Gahï n'aimait pas les personnes arabes, maghrébines. Pourquoi ? Parce que son premier mari était musulman. Ces personnes lui rappelaient son passé, certaines coutumes, traditions obligatoires imposées aux femmes et d'autres, plus glorieuses, aux hommes. Gahï avait gardé en elle cette forme de racisme, même envers les gens de sa couleur, et elle avait honte des sentiments tapis au fond d'elle.

Coupable mais innocente

Avec le temps, elle comprit que ce n'était pas l'arabe, le musulman ou le Maghrébin qu'elle n'aimait pas : elle n'aimait pas une catégorie de personnes – celles qui l'avaient maltraitée, qui l'avaient rendue dure, qui avaient abusé de leur autorité, qui avaient faussé son raisonnement. Tout le monde ne devait pas être dans le même bateau, Gahï ne devait pas faire d'amalgame.

\* \* \*

Un jour, Djénéba rappela Gahï, lui demandant de venir la voir. Quand Gahï arriva, sa mère lui dit : « J'ai payé cher le passeur pour te faire venir en France, j'aimerais que tu fasses des courses pour la maison tous les mois. » Gahï accepta, elle trouvait cela logique, malgré tout. Tous les mois, Gahï faisait les courses et versait une certaine somme à sa mère, mais la dette augmentait chaque année. Gahï retourna chez sa mère et lui demanda combien elle lui devait exactement. Djénéba lui donna une autre somme, plus élevée que celle de l'année précédente : Gahï comprit que c'était un piège dont elle ne se sortirait pas. Elle remercia sa mère de l'avoir fait venir en France, mais s'était-elle inquiétée de ce qui était arrivé en Afrique ? De la façon dont ses filles avaient vécu la guerre ? S'était-elle intéressée à sa fille depuis qu'elle était arrivée en France ? Lui avait-elle dit un jour qu'elle l'aimait ? S'était-elle déjà inquiétée pour elle ? Était-elle vraiment sa mère ? Gahï était prête à tout entendre : apprendre qu'elle n'était pas sa fille aurait été plus compréhensible pour elle. Djénéba lui demandait de l'argent pour l'avoir mise au monde, mais une

## Coupable mais innocente

mère ne peut pas être payée pour cela. « Mère, quand je vois une maman étreindre son enfant, je te pleure. »

Gahï dit à sa mère qu'elle ne reviendrait plus : elle avait payé sa dette, s'était occupée des enfants. Dans le bus qui la ramenait chez elle, des passagers lui demandèrent s'ils pouvaient l'aider. « Ma mère est morte », répondit-elle en pleurant. Se venger soi-même, c'est se détruire : la rancœur est un poison qui tue. Gahï faisait le deuil de sa mère, mais aussi de sa sœur qui venait de mourir, à vingt ans à peine. Gahï se sentait responsable de la mort de Binetou, qui s'était prostituée, qui avait volé, qui avait avorté maintes et maintes fois : quand on a faim, on est prêt à tout pour se remplir le ventre.

\* \* \*

Souvent, on prend des décisions terribles qui nous poursuivent, quoi qu'on fasse, tout au long de notre vie, mais le problème n'est pas l'erreur en elle-même : le problème, c'est notre façon de réagir ensuite, notre façon d'assumer ou non nos actes. Gahï se demande encore comment faire, mais elle espère y parvenir.

Chacun est victime de quelque chose et coupable d'une autre – Gahï la première. Elle aurait pu insister pour quitter l'Afrique légalement, mais elle a accepté d'arriver en France grâce à des passeurs. Elle aurait pu empêcher sa sœur de se prostituer, mais elle a fermé les yeux sur ses activités pour survivre, quand elles n'avaient aucun parent, aucune aide, aucun droit. Sa sœur est morte très jeune, Gahï la pleure depuis des années. Elle a cette responsabilité et cette culpabilité sur les épaules. Gahï n'est ni juge ni procureur. Et au bout du compte, qui est suffisamment qualifié pour juger Gahï ?

# Coupable mais innocente

Coupable mais innocente

## LA MAISON DE RETRAITE

*C'est dans ma bouche que tu veux manger ton piment ?*[9]
Proverbe africain

Pendant quatre ans, Gahï travailla comme femme de ménage dans une maison de retraite. Elle habitait Paris et se levait à quatre heures trente chaque matin, du lundi au samedi, pour arriver à sept heures trente à son travail. Son contrat stipulait qu'elle était là pour faire le ménage, mais elle s'aperçut avec le temps que certaines femmes de ménage avaient plutôt un rôle d'aide-soignante. Au fil des années, elle apprit à connaître les patients, se sentant parfois plus proche d'eux que leur propre famille.

Elle fut ainsi marquée de voir à quel point les personnes âgées étaient isolées : si ce n'est pour les fêtes, une ou deux fois par an, personne ne venait les voir. Un matin, elle entra dans la chambre d'une dame qui commençait à s'habiller et à se maquiller. Elle s'exclama : « Oh, vous êtes trop belle ! Vous attendez du monde ? » La dame était ravie, son petit-fils devait lui rendre visite. Le soir, Gahï vint rapidement la voir avant de rentrer chez elle pour savoir comment s'était passée la

---

[9] Tu veux me pousser au commérage ?

journée : la dame était assise au bord de son lit, triste : son petit-fils n'était pas venu.

Une pensionnaire confia un jour à Gahï : « Vous savez, Mademoiselle, j'ai de la famille, des enfants et des petits-enfants, mais j'ai l'impression d'être en prison. J'ai hâte de mourir pour retrouver mon mari, je n'ai plus envie de vivre. » Gahï fut marquée par ces paroles : dans son pays, les personnes âgées vivent avec leurs enfants et leurs petits-enfants jusqu'à ce qu'ils s'endorment dans la mort. Quelques jours plus tard, Gahï entra dans cette même chambre et se mit à parler à cette dame âgée, mais personne ne lui répondit : la femme était morte dans la nuit. Gahï avait travaillé pendant plus d'un an à cet étage de la maison de retraite et jamais elle n'avait vu aucun membre de la famille, même lorsqu'elle était présente le week-end ; après ce décès, elle découvrit que la femme avait des enfants. Elle n'était pas encore enterrée qu'ils se disputaient déjà l'héritage… Elle se dit que ce monde était fou.

C'est malheureusement quand il y a des malheurs, que les personnes se rassemblent, qu'une solidarité se crée. Pourquoi attendre une fête pour montrer notre affection ? Pourquoi attendre un événement pour être solidaire ? Pourquoi attendre un accident pour se souvenir de ses parents âgés ?

Une autre fois, Gahï eut avec l'un des pensionnaires une conversation qui ne la laissa pas indifférente. Un monsieur âgé, ancien fonctionnaire, aimait raconter à Gahï ses anecdotes, et il lui demanda un jour son âge, l'exhortant à prendre les bonnes décisions. Lui-même avait beaucoup de regrets sur la façon dont il avait conduit sa vie, par cupidité et égoïsme : il avait quitté son épouse pour se marier avec une femme beaucoup plus jeune que lui et il avait totalement délaissé ses enfants, préférant les biens matériels et les fêtes. Quelques années plus tard, quand cette jeune femme avait divorcé en emportant la moitié de ses biens, ses enfants n'avaient plus voulu le voir : il avait tout perdu. Il avait pris sa retraite, seul, et il attendait la mort dans ce lit d'hôpital. L'homme lui avait dit : « Vous êtes jeune, ne gaspillez pas votre jeunesse. Ne soyez pas égoïste. Choisissez bien vos amis, prenez le temps de prendre les bonnes décisions. Ne faites pas comme moi. » Gahï garde quelque part cette idée en tête : la jeunesse n'est pas éternelle et chacune de ses actions doit être réfléchie pour ne pas être regrettée plus tard. Mais l'erreur est humaine...

\* \* \*

Gahï travaillait dans un service de fin de vie : tous ceux qui entraient dans cet hôpital ressortaient dans un cercueil. Plusieurs fois, elle assista à des scènes choquantes. Un jour, on prévint Gahï qu'une personne avec qui elle discutait régulièrement était décédée dans la nuit. En arrivant dans la chambre pour la nettoyer une dernière fois avant qu'une autre personne ne s'y installe, Gahï vit des hommes transporter le corps du lit à leur brancard. Ils parlaient de leurs vacances, de leur week-end, de ce qu'ils feraient le soir. Le mort n'était pas couvert correctement : on voyait sa main ballotée ici et là. Pour eux, un mort n'était qu'un mort, un corps sans importance qui ne méritait ni respect ni sentiment. Gahï en fut choquée. Ils auraient au moins pu le couvrir correctement. Ils auraient pu discuter de leurs vacances pendant la pause. Ce corps avait une vie et un passé : c'était un parent, un père ou une mère, un grand-père ou une grand-mère.

À chaque décès, Gahï faisait un deuil et ce genre de chose la perturbait beaucoup. Elle se rendait compte qu'elle était trop sensible pour travailler dans ces lieux – trop sensible à la situation, à la vie que menaient ces personnes âgées et à la façon dont elles étaient traitées dans la mort.

## VINCENT

*Celui qui fait rire est toujours triste.*
Proverbe africain

Gahï rêvait de renaitre, pour ne plus se souvenir de ce passé qui la rongeait depuis des années. Elle avait réussi à prendre son indépendance, mais elle avait des cicatrices trop lourdes – physiques, intimes – pour être une femme normale. Gahï décida de se faire opérer pour faire disparaitre ses cicatrices et être réparée intimement. Elle qui n'aimait que sa tête – son corps, à partir de son cou, n'existait pas pour elle – commença après cette opération à se regarder autrement, à se considérer comme une femme.

Pendant des années, elle crut qu'elle ne pourrait jamais aimer ou être aimée, car elle ne savait pas ce qu'était l'amour maternel ou l'amour entre un homme et une femme. Et puis elle rencontra Vincent.

Vincent était métis, à la fois Coréen et Français. Il avait les yeux en amande, ses lèvres ressemblaient à celles d'une femme qui aurait mis du rouge à lèvres. Il avait les yeux clairs au point que Gahï se voyait à travers. Il était magnifique. Avec Vincent, elle apprit à découvrir l'amour, elle apprit ce qu'être aimée voulait dire.

Coupable mais innocente

Ils se fréquentèrent quelques mois et décidèrent de se marier, par un beau jour d'automne. L'automne, il ne fait ni chaud ni froid. L'automne, on voit les couleurs dans les arbres – le jaune, le vert. Pour Gahï, l'automne respirait le poème, l'amour, l'homme qu'elle aimait enfin et qui l'aimait en retour.

Le jour de son mariage, il y eut beaucoup de fleurs. Gahï avait des fleurs dans les cheveux, une robe en dentelle magnifique. Quand son fiancé la vit entrer dans la mairie, il fondit en larmes et la prit dans ses bras. Alors, Gahï dit oui, Vincent dit oui, et les amis autour d'eux furent heureux. La soirée passa, ils dansèrent. Gahï et son mari. Ils dansèrent avec les invités et quand tous furent partis, ils montèrent dans leur voiture, en route pour leur nouvelle vie. Ils mirent la musique qu'ils aimaient, les chansons qu'ils aimaient.

Gahï aurait aimé vous dire qu'ils vécurent heureux et eurent des enfants, mais ce n'est pas le cas : sur l'autoroute, une voiture perdit le contrôle dans un virage et leur rentra dedans. Vincent mourut sur le coup. La robe de mariage en dentelle, fluide, était maculée de sang. « C'était trop beau pour être vrai », se dit Gahï. Elle n'avait pas encore expérimenté le mariage qu'elle était déjà veuve.

# Coupable mais innocente

Coupable mais innocente

## LA DEPRESSION

*Une blessure qu'on cache ne cicatrise jamais.*[10]
Proverbe africain

Gahï continua à travailler dans la maison de retraite, mais le deuil de Vincent était trop difficile à porter : alors qu'elle s'apprêtait à obtenir un poste de chef d'équipe, elle fit un burn-out et dut arrêter de travailler. Elle qui ne comptait pas ses heures et se rendait toujours disponible en cas de besoin fut remerciée par ses employeurs.

Après le burn-out, elle fit une dépression : une maladie ingrate dont Gahï avait honte, une maladie invisible que personne ne voit et que peu comprennent. Par ignorance, certains en rient et Gahï en a fait les frais, mais peut-on rire de tout ? Dans son jargon, le psychologue n'existait pas car Gahï pensait que la dépression ne concernait que les Européens : on dit que les femmes noires sont fortes, mais tous les humains, quelle que soit leur couleur de peau, ont le droit d'être fragiles. C'est humain. Pendant des mois, elle refusa de l'accepter et cacha sa maladie. Quand elle sortait et voyait des amis, elle revêtait un masque, feignait de bien aller ; chez elle, seule dans son studio, sans rien à manger car elle avait fini par dépenser

---

[10] Il faut savoir demander de l'aide.

toutes ses économies, le masque tombait. Elle n'était plus une fille forte, mais une enfant fragile.

Il faut du temps pour accepter, pour comprendre et pour assumer sa fragilité. Parfois, Gahï aimerait une maladie qui se voit, qui soit comprise par son entourage : comment se rendre compte de la souffrance engendrée par la dépression ?

On se demande en Afrique si ce qui n'est pas accessible est utile. Souvent, un ami devient un trésor plus présent qu'une famille, mais c'est ceux que l'on aime qui nous font le plus souffrir.

* * *

Personne n'échappe à son passé et Gahï est bien placée pour le savoir : après sa dépression, les médecins diagnostiquèrent sa bipolarité. Elle est aussi reconnue comme handicapée à plus de 80 % à cause d'un tremblement essentiel de toute la partie droite de son corps. Après les mauvais traitements subis dans l'enfance et les travaux pénibles qu'elle a été forcée de faire, peut-être se retrouvera-t-elle dans quelques années dans un fauteuil roulant…

Gahï a vécu des événements inimaginables. Quand les personnes « normales » font un cauchemar, ils amplifient ce qu'ils ont vécu dans la journée ou ce qu'ils ont regardé la veille à la télévision. Quand Gahï fait un cauchemar, elle revit des courses-poursuites violentes, revoit des personnes brûlées

# Coupable mais innocente

vives ou tuées par une balle perdue, des avortements qui se compliquent... Elle se réveille en sursaut, en sueur.

Quand le passé nous rattrape, il faut l'affronter pour pouvoir passer à autre chose. C'est ce que Gahï s'efforce de faire.

Coupable mais innocente

# TONY

*On ne peut pas planter sur un sol déjà ensemencé.*[11]

Proverbe africain

Quelques années plus tard, après huit ans passés à Paris, Gahï reprit le cours de sa vie et s'installa en province. Avec sa dépression, elle avait appris à vivre avec son passé et son handicap ; elle avait appris à s'écouter.

Grâce à des amis, elle rencontra Tony.

Tony était très timide. La première fois, il ne regarda pas Gahï dans les yeux, comme si elle l'impressionnait. Ce n'était pas le genre d'homme qui se croyait fort, capable de tout faire ; il était simple, normal, cela plut à Gahï. Il la faisait rire : c'est ce dont elle avait besoin, elle voulait laisser son passé derrière elle.

Ils apprirent à se connaître et se fréquentèrent pendant quelques mois. En août, Tony la demanda en mariage en lui tendant une assiette en chocolat : « Veux-tu m'épouser ? » Gahï dit : « Oui, es-tu sûr de vouloir te marier avec une femme comme moi ? Si tu te maries à moi, tu te maries avec mon

---

[11] Pour avancer, il faut régler le passé.

## Coupable mais innocente

passé, avec mon handicap. » Tony dit : « Oui, je t'aime telle que tu es. » Ils se marièrent en petit comité.

## Coupable mais innocente

C'est en prenant connaissance de ce récit que Tony découvrit certains passages de la vie de Gahï. La lecture de toutes ces injustices et souffrances le bouleversa. Gahï prit son mari par la main et lui dit : « Si je ne te dis pas tout, c'est pour te protéger, parce que je t'aime. Puis elle ajouta : Si ma maladie prend de l'ampleur, souviens-toi de moi. »

\* \* \*

Gahï et Tony vivent ensemble modestement, comme monsieur et madame tout le monde – mais ce n'est pas le cas : Gahï est dépressive et bipolaire et Tony s'adapte, selon la personnalité qu'il trouve face à lui.

Il suffit que Tony regarde Gahï pour savoir qu'elle n'est pas bien et il se fait discret. Souvent, dans la nuit, quand les cauchemars de Gahï reviennent, Tony la prend dans ses bras et la réconforte : « Ce n'est qu'un rêve. Ce n'est qu'un rêve, ma chérie. Je suis là, n'aie pas peur. » Quand le passé la rattrape, Tony devient le grand frère, l'ami intime, le psychologue – souvent le papa. La casquette de mari vient bien plus tard.

Il est rare de trouver ce genre d'homme sur son chemin, une personne qui aime au point que Gahï ne peut le comprendre : pourquoi tant d'amour ? Elle qui cherchait tant à être aimée ne le comprend finalement pas. Et Tony est toujours là pour la rassurer, lui dire qu'il l'aime réellement. Gahï est impressionnée par son calme et sa douceur : il est irréprochable.

Coupable mais innocente

# GAHÏ, DOUNYA, SAIA, MOUKOSON ET LES AUTRES…

---

*Cabri mort n'a pas peur du couteau.*[12]
Proverbe africain

Notre vécu est à la fois notre force et notre faiblesse. Chacun est coupable et victime.

Il a fallu des années à Gahï pour pouvoir poser dans ce livre ce passé lourd qui la chagrinait, qui partait et revenait et avec lequel elle avait appris à vivre. Elle a eu besoin de mots pour guérir.

Gahï a échappé à la guerre, elle a échappé au viol, aux hommes armés d'épées ensanglantées. Gahï a échappé au trafic d'enfants au marché noir, mais des millions d'enfants n'y ont pas échappé : leur tête a été coupée, certains ont été violés à mort, d'autres ont été sacrifiés, d'autres ont été vendus au marché noir, d'autres ont été tués sous les coups de leurs parents ou par le sida. Des millions ont été tués par la guerre.

Gahï aimerait, pour finir, vous raconter l'histoire de trois enfants : une prostituée, une aveugle et une jeune fille vivant en France.

La jeune fille prostituée se faisait appeler Dounya, ce qui veut dire « le monde ». Comme Gahï, elle vivait dans la rue

---

[12] Quand on a tout perdu, on n'a plus peur de rien.

dans des maisons inachevées. Un jour, Gahï lui demanda pourquoi elle se prostituait et Dounya lui répondit : « Parce que mon père et ma mère m'ont prostituée. » Gahï avait du mal à comprendre, Dounya s'expliqua donc : « Quand j'ai eu douze ans, mes règles ont commencé et mes parents m'ont vendue à un monsieur sans me demander mon avis. Il leur a proposé de l'argent et mes parents, censés me protéger, m'ont vendue. Même pas de cérémonie. J'ai été violée pendant des mois et quand je suis tombée enceinte, j'ai réussi à me faire avorter clandestinement. Depuis que je me suis enfuie, je vis depuis dans la rue et j'ai fini par me prostituer. J'ai fait comme mes parents : quand on a besoin d'argent, on est prêt à vendre un humain, même son propre enfant. Voilà pourquoi je me prostitue. »

Le deuxième enfant dont Gahï souhaite vous parler se faisait appeler Saia, qui signifie « mourir ». Quand Gahï lui demanda pourquoi elle avait choisi ce prénom, elle lui répondit : « C'est parce que j'aurais plutôt aimé mourir que de vivre après ce qui m'est arrivé. » Saia s'expliqua : « Un après-midi, je dormais sur une natte dans la cour familiale, à côté d'un arbre, quand deux hommes sont arrivés et m'ont demandé si quelqu'un d'autre était présent. Innocemment, je leur ai répondu que mes parents étaient au marché et que j'étais seule. Les hommes se sont emparés de moi : ils voulaient mes yeux pour des sacrifices. » Saia sortit de cette épreuve sans ses yeux, mais en vie. Depuis, elle vit dans la rue et elle fait la manche, une canne blanche à la main.

La troisième jeune fille dont Gahï veut vous parler se nomme Moukoson, ce qui signifie « Pourquoi ? » Les parents de Moukoson et de Gahï venaient du même pays et étaient voisins en France. Gahï et cette jeune fille se lièrent d'amitié et au cours d'une conversation, Gahï demanda à son amie pourquoi elle n'allait plus à l'école depuis quelque temps. Moukoson répondit que ses parents avaient décidé de la marier. Gahï s'exclama : « Mais on est en France ! Est-ce que tu veux te marier ? » Son amie répondit : « Non, pas du tout. Tu sais, ce n'est pas parce que je suis en France que j'ai des droits ou que j'ai mon mot à dire. Mon père m'a toujours dit qu'à l'extérieur j'étais en France et j'avais des droits, mais qu'au moment où je passais la porte de l'appartement, j'étais en Afrique. J'ai été excisée ici en France, on m'a sortie de l'école en France et je serai mariée de force en France aussi. » Gahï soupira et pensa : « *Parents africains, vous avez tout pour être heureux et vous en sortir, mais vous êtes tellement égoïstes que tout le monde paie les pots cassés. Coutume, tradition… Le monde a évolué, mais vous, vous reculez. Si vous saviez tout ce qui se passe dans l'ombre…* »

\* \* \*

Ce monde est-il fou ? Ce monde est-il réel ? Ce monde est-il sérieux ? Gahï a du mal à y croire. Il arrive souvent qu'elle regarde, avec le temps, dans sa nouvelle vie, ses amis européens. Ses amis tout court. Ils ont une certaine innocence qu'elle trouve magnifique. Souvent, en les observant, Gahï rêve de renaître pour tout recommencer, elle rêve de ne pas avoir vu la guerre. Elle rêve que cela n'existe plus. Elle rêve de ne pas avoir vu ni entendu de femmes violées à mort. Elle rêve de ne pas avoir vu d'humains tranchant de coups de machettes les corps d'autres humains.

Cette histoire n'est pas rare, pas unique. Beaucoup de Gahï vivent en ce monde et tous – petits et grands enfants, femmes, hommes, orphelins, veuves, mères – peuvent vivre heureux. Même avec les injustices passées, même si la vie ne nous a pas fait de cadeau. La rancune dévore et rend amer : il faut la laisser derrière soi pour vivre en paix. La vie nous abime, elle peut même nous handicaper, mais Gahï a enfin trouvé l'espoir, le véritable amour et la paix. Vous aussi, vous pouvez les trouver près de vous…

\* \* \*

Ce livre est noir et cynique. Rien de beau, mais pourtant si proche de la triste réalité. Pardonnez à Gahï si elle vous a choqué, ce n'était pas son intention, mais il était temps pour elle de parler. Le zoom arrière permis par ce récit lui prouve qu'elle a fait quelque chose de sa vie.

Une partie de Gahï reste dans ce livre, elle tourne la page.

Gahï choisit de rire, de passer à autre chose.

# Coupable mais innocente

## TABLE DES MATIERES

La Côte d'Ivoire ................................................................ 5
    Diakité ........................................................................... 7
    Cendrillon ..................................................................... 11
    Le viol .......................................................................... 17
    La fuite ........................................................................ 27
    Binetou ........................................................................ 33
    Le refuge ..................................................................... 37
    Lettre aux migrants ................................................... 43

La France ........................................................................... 47
    Les retrouvailles ....................................................... 49
    L'envol ......................................................................... 55
    Coupable ou innocente ? ........................................ 61
    La maison de retraite .............................................. 69
    Vincent ........................................................................ 73
    La dépression ............................................................ 77
    Tony .............................................................................. 81

Gahï, Dounya, Saia, Moukoson et les autres… ............... 85